Contes des Perles de l'Orient

Contes des Perles de l'Orient

Contes des Perles de l'Orient

**Contes des Perles de l'Orient
Colette Mourey**

Contes des Perles de l'Orient

Contes des Perles de l'Orient

« Le jour où la navigation, qui est une routine, deviendra une mathématique […], le jour où l'on aura présent à l'esprit que le globe est un gros aimant polarisé dans l'immensité, avec deux axes, un axe de rotation et un axe d'effluves, s'entrecoupant au centre de la terre, et que les pôles magnétiques tournent autour des pôles géographiques ; quand ceux qui risquent leur vie voudront la risquer scientifiquement, quand on naviguera sur de l'instabilité étudiée, quand le capitaine sera un météorologue, quand le pilote sera un chimiste, alors bien des catastrophes seront évitées. La mer est magnétique autant qu'aquatique. »

« L'Homme qui rit », Victor Hugo, 1869.

Perline ou La Perle Contrefaite

Il était une fois une perle aux allures vraiment bizarroïdes : alors que d'autres arboraient, fièrement, leurs parfaits arrondis plus ou moins irisés ou nacrés, « Perline » avait, au cours de sa chaotique croissance, adopté d'anguleuses arêtes, lui conférant une structure dodécagonale.

L'huître qui la laissait croître en son sein accusait de capricieux courants marins ; mais un vieux crustacé prétendait que, seule, la grille électromagnétique planétaire était responsable de cette série de déformations. D'ailleurs, n'était-ce pas l'exacte reproduction de la configuration des champs telluriques que la pauvre concrétion esquissait ?

Quoi qu'il en soit, les coquillages, les coraux et les algues se moquaient unanimement de la vilaine petite sauvage.

— « Coiffe-toi ! »

Lui lançait un bigorneau têtu.

— « Tu es toute désaxée ! »

Lui faisait remarquer une tendre laitue de mer.

— « On dirait un oursin ! »

Assurait un polype rouge, qui, surpassant l'entière colonie, trônait du haut de sa grandeur.

Mieux vaut tout de suite avouer qu'effectivement, les bizarres asymétries qui tordaient le corps de Perline lui conféraient un aspect hérissé - quasi hirsute ! considéré, d'ailleurs, ici, comme plutôt « hippie » : dont l'incroyable résultat s'avérait proprement clownesque !

Et que l'on avait raison, en vérité, de la railler à foison !

De plus, ses facettes, irrégulièrement tachetées, rosissaient en de nombreux points : bien loin des futurs harmonieux bijoux immaculés que promettaient de devenir ses rondes voisines !

Bref, Perline était franchement très malheureuse : non seulement elle n'était pas comme ses congénères, mais, en outre, rien, autour d'elle, au plus loin qu'elle explore le fond marin, ne lui ressemblait !

Ce qui fit qu'elle finit par se considérer comme la plus laide chose que le monde eût jamais produite.

Une erreur de la Nature !

— « Un malencontreux hasard ! »

Avouait parfois sa récipiendaire.

De fait, chatouillée et irritée par les inégaux débris rocheux et les grains de sable que des influx contraires cherchaient à faire pénétrer, en des points divergents, sous sa coquille, celle-ci n'aura cessé de sécréter, dans toutes les directions, sa précieuse nacre.

— « Tu es un Keshi ! »

Répètera-t-elle, incessamment, à sa malheureuse hôte, sans pouvoir s'empêcher de jeter un regard envieux aux volumes arrondis des lumineuses sphères que ses voisines entretiennent jalousement.

Un Keshi se doit, bien évidemment, d'être quelque chose d'horrible !

La petite, affolée, se prend pour un déchet, un monstre, un démon.

Cependant, malgré son apparence problématique, sa croissance reste tout aussi constante que celle des autres, au cœur de la modeste colonie bien abritée à la pointe du lagon bleuté, dont les eaux alternent périodiquement douceur et salinité.

On pourrait, ici, s'imaginer habiter un paisible éternel Paradis !

Jusqu'à cette aube durant laquelle, subitement, des clameurs naissent du rivage.

Puis, les vociférations s'enflent en direction du récif qu'occupent les huîtres.

Des bruits de pagaies scandent d'autres furieux éclats de voix, l'eau se trouble et s'agite de partout, écumant et fouettant le roc comme elle ne l'aura encore jamais fait auparavant.

Dans toutes les directions, des plongeurs !

À mesure, lesdits pêcheurs remontent les bivalves par pleines poignées.

Sur les barques de fortune, ceux-ci sont habilement ouverts, au moyen de couteaux effilés, les perles extraites avec des sortes d'étroites minces cuillères, le coquillage ensuite rendu à l'océan : dans certains cas, en effet, l'huître porteuse pourra sécréter une autre perle.

Ici, on ne pratique pas encore les greffes systématiques qu'opère si bien l'ostréiculture moderne : on travaille, en ces contrées pauvres, au hasard et au jugé.

D'où, il y aura de bonnes et de mauvaises journées, des endroits meilleurs que d'autres, des courants et des saisons plus ou moins propices, une sorte de magnétisme ambiant, que l'on semble flairer en pointant du doigt quelque mystérieuse direction …

Les endroits particulièrement riches, comme celui que nous décrivons, restent des secrets, seulement transmis, oralement, d'initiés à initiés : on peut tuer, pour se les faire révéler, comme être assassiné, si l'on a le malheur de vendre la mèche !

Perline tremble, lorsque de gros doigts fouillent soudain la coque protectrice qui lui cachait jusqu'alors le monde.

Bien vite, on la rejette !

Elle se sent couler, tandis qu'un cri sauvage résonne :

— « Celle-là ne vaut rien ! »

Atterrissant parmi d'autres débris rocheux du fond sous-marin, la petite s'extasie devant le lumineux spectacle de son nouvel habitat : les coraux multicolores, les gracieux bancs de poissons, plus scintillants les uns que les autres, qui s'entrecroisent au-dessus d'elle, les translucides filaments des méduses en chasse …

Lorsqu'une pince de crabe goulue s'approche de trop, elle prend bien soin d'enfouir son dodécaèdre rosâtre (devenu, à force, beaucoup plus régulier) sous une salvatrice grise couche de vase.

Celle que tout le monde aura rejetée acquiert une aptitude incommensurable à la dissimulation !

De longues années passent, donc, durant lesquelles Perline se berce avidement des réguliers grondements du ressac, jouit des sifflements – plus aigus, du vent et des courants capricieux, s'attardant, aussi, à suivre les cris et les piaillements des oiseaux marins. Peu dérangée par les âcres odeurs que dégagent les vagues saumâtres, elle profite particulièrement de la suavité des eaux claires et transparentes qui envahissent, de façon saisonnière, le lagon.

Cette agitation échevelée l'aura encore grandie, amassant autour d'elle les déchets des sables et des coraux environnants. Dans le même temps, la petite ne pourra qu'admirer les teintes inouïes que déposent, sur chacune de ses faces, autant les sucs de la rivière que les divers sels océaniques, au gré des caprices fluviaux et des marées.

Perline aura sommeillé durant très longtemps : cent ans peut-être ! ...

Lorsqu'une voix joyeuse la réveille :

— « Oh, regarde, maman ! »

Une adorable petite sirène l'a prise dans ses mains, la tournant et la retournant, au rythme de la vive chorégraphie qu'orchestrent les battements de sa queue agile.

— « Ne bouge pas tant ! »

La rabroue sa mère, qui jette à peine un coup d'œil à l'irrégulier caillou rougeoyant que sa fille admire.

— « Je la porterai toujours ! »

S'exclame l'enfant, en fixant Perline à une liane qu'elle aura préalablement nouée autour de son cou.

Peu à peu, de voyage en voyage, vont s'y exposer de nouvelles trouvailles, plus hétéroclites les unes que les autres.

Si l'on scrute la baroque enfilade, on y remarquera une perle noire, l'hélicoïde d'une coquille vide, la redoutable pince d'une écrevisse, un hameçon métallique rouillé, abandonné par des pêcheurs, quelques chiffons bariolés en guise de châle ... Et, trônant au milieu, notre Perline !

— « Tu vas te fatiguer, à emmener ton barda partout ! »

Reproche, sans cesse, la doyenne de leur bande de sirènes.

— « C'est mon trésor ! »

Constate simplement l'enfant – sans pouvoir dissimuler l'émerveillement que lui aura procuré sa toute première trouvaille.

Petite sirène est devenue grande.

Ainsi que d'une effroyable ténébreuse beauté !

C'est Perline au cou qu'elle chante, dans la pénombre caverneuse de récifs acérés que l'eau engloutit sporadiquement, attirant de ses charmes moult marins, après avoir savamment dressé ses horribles pièges, dont ils peineront à se dépêtrer, sous l'œil attentif du rose dodécaèdre. Les plus courageux tremblent à leur évocation, n'osant même les nommer, tandis que de nombreux travailleurs y laisseront maintes fois la vie !

Ce qui finira par entourer d'une aura légendaire autant notre bizarroïde perle que sa funeste propriétaire : en effet, sur le port, la rumeur enfle qu'il s'agit là de la plus féroce duelle égérie qu'on n'ait jamais eue à affronter !

Au cours de l'une de ces décisives bagarres – ces hommes affolés risquent leur vie ! Simon le timonier arrache enfin son trophée à sa propriétaire.

Au vu de sa structure polymorphe et de ses nuances flamboyantes, qui tirent vers le rouge, il pense avoir, avec la précieuse pierre, dérobé l'intégralité de ses pouvoirs maléfiques à la sorcière du lagon.

Dorénavant accoutumée aux campagnes de pêche, puisqu'elle orne la ceinture du vieux marin – qui en a fait son grigri préféré, Perline contemple ses congénères, rondes et laiteuses, qui se laissent attraper en nombre, puis enfermer dans des cageots gris, vite débarqués, dès que l'on regagne le quai.

Elle, au moins, elle échappe à ce commerce !

Dans les bars, au fil des beuveries, elle devient l'objet de la convoitise générale :

— « Le joyau de la sirène ? »

S'exclame-t-on, tandis qu'elle passe de poigne en poigne, appréciant fort peu les mains calleuses qui se tendent vers elle :

— « Que ne puis-je accéder à des univers plus féminins, dans lesquels on me traiterait avec tendresse et douceur ? »

Regrette notre malheureuse contrefaite, tandis que ses exploits sont propagés à tous vents, au long des quais.

Cependant, son sort va changer brusquement.

Aline, la fille de Simon, enfin venue à bout de la résistance paternelle, ne pourra s'empêcher de porter la perle rouge au bout d'un lacet : un collier qui accompagne non seulement tous ses jeux, mais les longues heures studieuses qu'elle passe à l'école !

Étrangement, elle aura refusé, de ses parents, des dizaines de parures rondes et nacrées, pour s'approprier ... le complexe prisme rose, seul de son espèce !

— « Voyons voir, dit un jour un Sage de passage, mais, c'est une magnifique pièce, que tu as là ! »

Sans la détacher de son support, notre érudit fait tournoyer la flamboyante accrétion, en tous sens :

— « Regarde, sa forme est magique ! »

Il interroge l'enfant :

— « Connais-tu Platon ? »

La fillette reste muette : seul un involontaire geste de dénégation trahit sa totale ignorance.

— « C'est un solide platonicien ! »

Puis, l'œil malin :

— « Un polyèdre régulier et convexe ! »

Enfin, le vieillard livre l'essentiel de son Savoir :

— « L'un des piliers de la Géométrie Sacrée ! »

Puis, tandis qu'Aline, curieuse, abandonne le bout du lacet, qu'elle conservait jalousement :

— « Ce dodécaèdre chamarré adopte exactement l'aspect et la couleur que revêt la grille énergétique de notre Planète : on y reconnaît la figuration de chaque Vortex ! »

Enfin, alors que l'écolière ne peut retenir un long bâillement :

— « Ces sortes de nœuds, ce sont les emplacements exacts sur lesquels on aura toujours érigé les monuments rituels ! »

Aline, sans pouvoir résister, finit par se faire arracher son trésor – qu'elle oubliera bientôt, d'ailleurs, puisque son père, Simon, vient de lui rapporter, cette fois, un inoubliable collier de perles, bien rondes, luisantes et toutes blanches.

D'où, l'incident sera vite clos !

On ne sait, en outre, ce que le Magicien fit, vraiment, du fruit de son larcin.

Contes des Perles de l'Orient

Les siècles s'écoulèrent, la culture scientifique des huîtres perlières battit son plein sur la côte, enrichissant incommensurablement les habitants, mais, au cœur de cette inédite prospérité, multipliant un produit qui en devenait banal.

À l'étal du joaillier, qui l'aura trouvée au fond de son grenier – comme mystérieusement abandonnée là, Perline figure, de ce fait, à la meilleure place !

C'est que, au contraire de ses congénères, qui se retrouvent invariablement littéralement clonées, elle est diablement grosse, avec des teintes rosissantes magnifiques et d'une structure dodécagonale fort originale !

On la vantera tant et si bien qu'un monarque de passage finit par l'offrir à son épouse et qu'elle rejoint les luxueux coffrets satinés et dorés du fabuleux Trésor royal.

Mais, dans sa nouvelle demeure – toute propre et luisante ! Perline s'ennuie rapidement : que ne peut-elle écouter son océan chéri ! Ici, tout est calme, volupté, silence : une impressionnante majesté se dégage des tiroirs où les bijoux ont été entassés !

Ce qui manque à notre aventurière, ce sont les poissons, les coraux, les bruyants oiseaux de mer, le vent, les courants, les frasques des uns et des autres …

Contes des Perles de l'Orient

Aussi, prend-elle l'habitude de se faire particulièrement pimpante, se montrant délibérément, de façon à aguicher les regards d'éventuels cambrioleurs qui pourraient s'en prendre à des spécimens du Trésor royal.

Des années plus tard, elle réussit !

Et, alors que les malfaiteurs sautent dans une barque mal rafistolée, souquant ferme de peur d'être rejoints, s'encourageant par de sonores gutturaux « ahans », imperceptiblement, sans bruit, Perline se glisse avec agilité hors de leur bissac. De fait, profitant d'un trou dans la toile de jute, puis des secousses du roulis, elle réussit à passer par-dessus bord, pour, à nouveau, s'enfoncer avec délectation dans le suave âcre sable des sauvages fonds océaniques …

Cette fois-ci, on ne la reverra plus : ni au cou d'une sirène, ni à celui d'une pauvre enfant de pêcheur, ni parmi les parures des reines !

Mais, peut-être, si vous plongiez, à votre tour …

Contes des Perles de l'Orient

Contes des Perles de l'Orient

« Les maîtres d'école sont des jardiniers en intelligences humaines. » « Faits et croyances », Victor Hugo, 1840.

Ismahane

C'est à d'ardents rayons de soleil que s'adressent mes premiers regards, comme les sourires que j'esquisse pour les remercier de leur flamme, tandis que ma menotte joue avec ces rais mordorés que filtrent les replis d'épaisses tentures.

Alors, leur feu s'immisçait partout, l'eau manquait, la terre semblait, à jamais, aridifiée.

— « Ismahane ! »

À mesure que je reconnais mon prénom chaud et lumineux - répondant aux douces incitations maternelles, s'y associe, inexorablement, l'âcreté marine : le lointain grondement des rouleaux me berce avec des résonances de Naissance de l'Univers ! Régulièrement ponctué par les appels des pêcheurs et des muezzins.

— « Ismahane ! »

Je sursaute à chaque sévère sollicitation des professeurs : involontairement, j'enfouis mon visage dans mes mains, tout en m'affolant des battements accélérés de mon cœur. Bien malgré moi, je suis condamnée à la grisaille d'une mégapole européenne qui veut m'imposer sa loi.

— « Ismahane ! »

Mon prénom rompt l'alignement muet des rangées d'élèves : confortant mon esprit dans une essentielle duplicité.

De toutes les façons, « je » sommes « nous », je m'en persuade, enfant. « Je » résume une multiplicité de cristallisations, teintées d'irisations kaléidoscopiques, d'où, parfois, émerge un semblant de compromis.

D'antinomiques diktats me sont hurlés par ces cloches que j'entends partout : d'où, leurs insolites résonances me rappellent, à chaque instant, ma condition d'expatriée !

La grisaille et le froid provoquent de vives souffrances, pour qui aura connu l'éclat du soleil ! Seuls, les libres étés, passés à l'ombre des volets clos, me ramènent à mon inoubliable magique naissance.

Se déroulant autant étriquées qu'à l'étroit, mes années banlieusardes sont routinières, vides, insipides : une morne enfilade, forgée par les méandres d'une éducation rigoriste, au sein de laquelle s'enchaîneront tâches ménagères et devoirs trop vite bâclés.

Je passe de cours en cours la tête ailleurs, dans une sorte de brume : d'où ce sobriquet de « Jean-de-la-lune », couronnant mon étrange prénom ! Seul instant magique : celui où un professeur nous explique le culte solaire égyptien antique : c'est la religion que je veux adopter !

Vingt ans plus tard, à la tête d'une classe exubérante – « mon » groupe ! Inondée de fierté d'avoir « réussi », je conserve, cependant, une irrépressible timidité, élevant rarement la voix.

Concomitamment, je m'éprouve toujours aussi double : ce sont, sempiternellement, les carillons, qui me hantent.

Alors, en un instant, ma vie déraille !

Une nuit, j'aurai rêvé que le tintement se transformait, modulait, soupirait, vocalisait …

Je flotte sur un petit nuage arrondi, immaculé, pas plus haut que trois pommes !

Me voici au-dessus du désert !

Ces espaces arides me vivifient : je sens mon corps se raffermir, des ailes me poussent !

Je suis bientôt affublée d'une baguette magique !

Je crie :

— « C'est ici, que je veux vivre ! »

Et une hutte mal tressée m'accueille.

J'appelle de la compagnie quand, soudain, un dromadaire blatère.

J'ai soif : le puits, froid et rocailleux, rudimentaire – un peu bancal ! S'approche.

Contemplative, je laisse le sable filer entre mes doigts : dans cette ardente fournaise, je vais planter, planter, planter...

C'est long, c'est dur !

Sans cesse, reprenant inlassablement la même complainte, il faut arroser : d'une eau rare, que le soleil boit, à mesure !

Sauf aux endroits où j'ai creusé de fines rigoles, au fond desquelles quelques gouttes limpides murmurent...

« Mes fruits sont beaux, qui veut mes fruits ? »

Je vends des dattes énormes, des oranges sucrées, des citrons juteux.

Peu à peu ma cabane s'organise, j'y ai même du papier, pour écrire ...

Ma première pensée, une fois éveillée, s'adresse à mes élèves d'un jour.

Outre le strict programme, que pourrais-je bien leur apprendre ?

La rentrée est à peine effectuée que je ressens déjà – subitement ! L'énormité d'une tâche qui pourrait rapidement s'avérer vaine.

Peut-être, forte de ma récente expérience, vais-je les initier à l'irrigation ?

Non, ils n'en ont pas besoin, il pleut continuellement, dans leur pays !

Irons-nous planter ?

Ils ont d'immenses forêts, des champs à perte de vue, une nourriture abondante, qu'ils gaspillent et qu'ils jettent.

Soudain, j'ai trouvé.

Le lendemain de cette étrange aventure, à peine terminai-je de les accueillir que je me retourne et que je trace... Un grand soleil jaune, au tableau noir !

J'avais réfléchi en ces termes :

— « C'est l'amour, qu'il faut inculquer, bien sûr : le don, le rayonnement, la joie de sentir son corps se ravigoter au contact de l'eau, de la terre, de l'air et de cet étrange feu qui origine la vie ! »

Scrutant mon œuvre, Myriam lève le doigt :

— « Maîtresse, on dirait un rond magique ! »

Chez eux, les petits, c'est systématique : ils veulent immédiatement tout ce qu'ils ont à peine pris le temps de désirer !

— « Comment pourrions-nous répandre du soleil partout ? »

Demandai-je alors, à ces jeunes cerveaux en ébullition.

Il pleut des hallebardes, une forte odeur de moisi se sera infiltrée jusque sous les joints des baies vitrées, brouillard et pollution nous cernent !

— « En peignant ! »

Répondent les gosses.

Après les séances de lecture et de mathématiques, nous formons d'inédits ateliers.

Malouk termine l'effigie, très vivante, d'une grosse grenouille verte. Souriante, elle pose béatement, sur une fleur de nénuphar, au milieu d'un tranquille étang moussu d'écume, à la façon dont le ciel, d'un même bleu, se borde de légers nuages.

Comme il me tend sa feuille, soudain, une grenouille identique – de la même couleur et de la même taille, se met à bondir à travers la pièce !

Gina a croqué une princesse rose, sur une planète qu'illumine un astre violet.

Elle non plus n'a pas le temps de me montrer sa feuille.

On entend frapper à la porte :

— « Toc ! Toc ! »

Comme j'ouvre, c'est la fameuse égérie qui entre, plus évaporée et candide que jamais !

Paul a brouillonné les arêtes anguleuses d'un énorme camping-car, arrêté au bord d'une vertigineuse falaise.

J'apprécie la diversité de leurs trouvailles et je les en féliciterais, même, quand, soudain, on entend klaxonner, dehors : bien sûr, c'est notre engin !

Du fait de leur minuscule taille, les enfants auront pu aisément se glisser à l'intérieur, suivis de la grenouille et de la princesse.

Moi, je peine à m'adapter à cette conduite peu ordinaire – ma voiture personnelle est très petite, mais j'acquiers rapidement de bons réflexes !

Aujourd'hui, à l'école, les enfants auront gagné l'océan, pour rire et se baigner.

Par bonheur, on est revenus juste à temps pour la sortie des classes !

La nuit suivante, à nouveau, le songe me reprend.

C'est du mil et du sorgho qui poussent, dorénavant, en quantité, autour de ma cabane.

J'élève quelques bêtes !

Des caravanes entières s'arrêtent à mon puits, transformé en oasis.

Je leur cuis des galettes !

Rapidement, une ville tentaculaire s'érige, en monstrueux champignon !

À l'aube, je m'éveille, en sueur : des cris fusent de partout, le long des avenues obscures.

Ce sont des bruits étranges : des bramements, des piaillements, des meuglements, des sifflements, des caquètements, des vrombissements !

Difficile de me rendormir, dans un tel tintamarre !

Au petit matin, curieuse, penchée à la fenêtre, je découvre une véritable ménagerie !

Des troupeaux entiers cavalcadent dans la clarté laiteuse d'un froid demi-jour, une forêt de palmiers frémit tandis qu'éclosent déjà, ici et là, quelques fleurs sauvages …

Je ne distingue presque plus l'immeuble qui jouxte le mien.

Le trottoir, à mesure des départs des travailleurs, s'emplit de joyeuses apostrophes !

C'est bientôt mon tour.

Partout, des enfants s'exclament :

— « Regarde, maman ! »

Des papillons multicolores viennent caresser leurs cheveux, des chèvres bondissent autour des sacs et des cartables, des poules picorent sur les passages piétons …

Cette fois-ci, soupçonneuse, je suis bien décidée à mener un interrogatoire serré, auprès de mes élèves.

La réponse est unanime :

— « On a dessiné toute la nuit ! »

J'ai envie, brusquement, de les gronder.

On est responsable de ses productions, on n'envoie pas n'importe quoi n'importe où !

Mais, avant même que j'aie pu ouvrir la bouche, les carillons se déchaînent.

Bizarrement…

On dirait comme un tintinnabulant souffle, d'où émergeraient des mélopées ensorcelantes, les sortes d'étranges appels émanant de voix chaudes et ensoleillées…

Alors, je regarde notre véhicule rouge, dans la cour.

— « On y va ? »

À nouveau, les vagues de l'océan nous bercent, nous lavant des pesanteurs urbaines, des miasmes des atmosphères polluées qui cachent le jour.

Ici, le soleil écarte les nuages, faisant briller sable et galets.

J'entends rire les enfants !

L'écume me chante :

— « Qui es-tu ? Viens, en mon sein, l'oublier... »

Lorsque nous revenons de cette seconde échappée, dans le car, il faut nous serrer : les enfants sont devenus adultes et moi...

Moi, il me semble avoir un peu vieilli !

Parvenus dans la cour, l'école est trop petite : ils ne peuvent plus rentrer dedans :

— « Allez essaimer vos connaissances ! »

Je brandis ma baguette magique.

Tout en projetant de reprendre le chemin de ma cabane : véritablement, cette fois-ci !

Il n'y aura pas de retour : juste un extraordinaire éblouissement, lorsque je me fondrai dans le soleil !

Contes des Perles de l'Orient

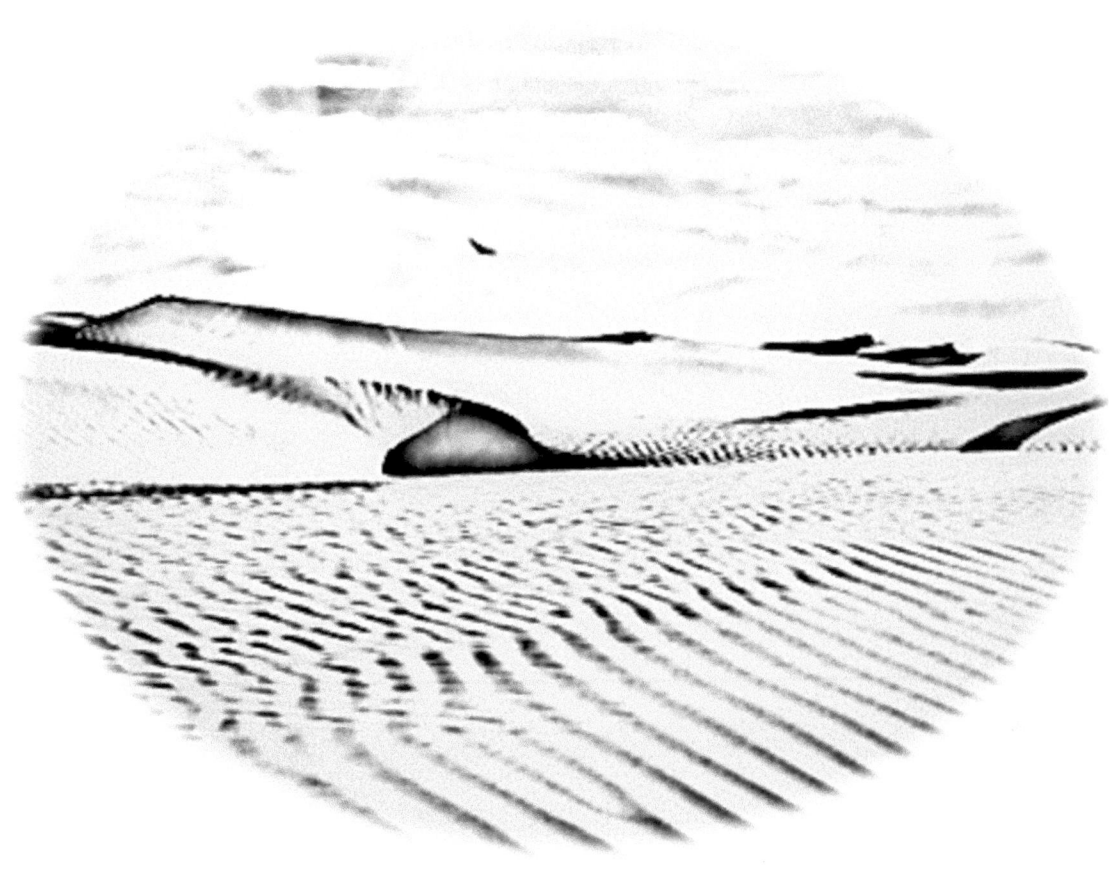

Contes des Perles de l'Orient

Contes des Perles de l'Orient

« On ne voit bien qu'avec le cœur. L'essentiel est invisible pour les yeux. (...) Les yeux sont aveugles. Il faut chercher avec le cœur. » Antoine de Saint-Exupéry.

Cœur de Pierre et Cœur de Terre

Cette fois-ci, il l'entendit, plus formidable que jamais.

C'est ce qui le fit soudain s'étendre sur l'herbe, humant l'odorante rosée qui recouvrait bleuets et pâquerettes.

Ce n'était plus possible de continuer ainsi !

Chaque fois, en effet, que Rabougnole partait bûcheronner, il endurait le même calvaire : son cœur de pierre, peu agile à battre, s'affolait et donnait de grands coups dans sa poitrine : « boum ! boum ! boum ! »

Au bout d'un moment, ne pouvant plus respirer, oppressé, il devait, malgré lui et bien que le travail presse, s'arrêter.

Allongé à même le sol, invariablement, il interrogeait le ciel :

— « Mais pourquoi, pourquoi m'avoir fait ce cœur de pierre ? »

Les oiseaux le taquinaient de leurs gentils gazouillements sans qu'il n'eût jamais perçu la moindre réponse.

C'est pourquoi, un matin, lorsque Baguette, la petite vendeuse de la Boulangerie, lui parla de Crossemitaine, le guérisseur qui habitait deux vallées plus loin, il ne fut pas long à décider.

Puisqu'il devait perdre du temps, autant le faire tout de suite !

Voilà notre Rabougnole, un bissac au dos, qui marche en suivant les berges fleuries de la calme petite rivière, puis longe torrent après torrent, saute de ru en ru, boit goulûment aux sources vives, franchit enfin le col et redescend pour recommencer.

Cela dura deux jours : deux journées bien remplies, d'un constant enchantement, devant le spectacle de ces bois et de ces prairies qui déroulaient pour lui leurs grandioses méandres.

Contes des Perles de l'Orient

Devant la cabane de Crossemitaine, Rabougnole ne savait plus pourquoi il était là.

Il ne percevait plus son cœur, souple, fort et agile : quoi demander, du coup ?

Alors qu'il s'attardait, hésitant à ouvrir, le guérisseur apparut dans l'embrasure de la porte :

— « Hé, oui, Rabougnole ! Ta balade t'aura fortifié ! »

Puis, du fait que l'autre peine à se reprendre :

— « On se fabrique un cœur dur comme de la pierre, à force de ne penser qu'à soi ! »

Le vieillard ouvre alors largement les bras :

— « Mais la nature fait bien les choses : elle est tellement belle que l'on s'y oublie instantanément ! »

Rabougnole se remémore à quel point il se sentait fusionner avec les fûts altiers et les houppiers frémissants qui lui forgeaient mieux que la plus riche haie d'honneur : une enfilade inéditement simple et sincère, que leur alignement désordonné, un rattroupement vivace, qui ne célèbre que les magnificences de la Vie !

Puis, voici que le magicien se prend à entonner, d'une voix forte :

« Cœur de pierre

Désespère ».

Cependant, son malade, en proie à de multiples interrogations, hésite :

— « Mais alors, en quoi est désormais mon cœur ? »

Crossemitaine repart d'un grand éclat de rire, dont les cascades sonores secouent le plancher mal serti de sa cabane.

— « Entre, je vais t'examiner, pour vérifier ! »

L'autre n'en mène pas large mais s'introduit, comme on l'y a invité, dans l'antre obscur.

Après un bon repas, bien arrosé, les deux compères plaisantaient librement, lorsque la question resurgit par hasard :

— « De quoi mon cœur est-il fait ? »

Crossemitaine passe sa main sur la chemise râpeuse de son infortuné patient :

— « Hé, l'ami ! Ton cœur est de terre, maintenant ! »

Puis, d'un ton davantage sentencieux :

— « C'est Dame Nature, qui te l'a offert, pour que tu la serves ! »

Contes des Perles de l'Orient

Enfin, plus espiègle encore, voici que le vieillard marmonne :

« Cœur de pierre

Devint Terre :

Pour me plaire

Va se taire ».

Sur le chemin du retour, l'idée passe et repasse dans le cerveau de Rabougnole :

— « Un cœur de terre, est-ce bien solide ? »

Bizarrement, c'est la première fois de sa courte existence qu'il se prend à chanter, à demi-abandonné, bien en cadence, tout au long des sentiers qu'il emprunte :

« Cœur de pierre,

Cœur de terre,

Pour me plaire

Va se taire ».

Lorsque, la semaine suivante, notre bûcheron empoigne sa cognée, celle-ci lui échappe des mains :

— « Bigre,

Se dit l'homme,

— Je n'ai plus de forces ! »

Certes, il n'entend dorénavant plus son cœur battre dans sa poitrine, ce qui s'avère une fort bonne chose.

Mais, si la rançon en est qu'il ne peut plus exercer son travail, quel terrible malheur !

Le jeune homme retourne voir Baguette, sa confidente.

Pris d'un insondable désarroi, il ne peut se retenir de psalmodier devant elle :

« Cœur de pierre,

Cœur de terre,

Pour me plaire

Va se taire ».

Du coup, la jeune fille se remémore la très vieille formule, qu'elle avait, pour sa part, héritée d'une aïeule, veuve depuis peu.

Mais elle la mélodise différemment, dans un tempo, sur un timbre, dans un ton et un registre que son interlocuteur n'aura jamais encore entendus :

« Cœur de pierre,

Cœur de terre,

Pour nous plaire

Vont se taire ».

L'intonation est si divergente que Rabougnole se demande si c'est bien l'innocente comptine que lui avait dévoilée Crossemitaine.

Tout à l'inverse, la similarité des circonstances lui apparaissant comme flagrante, la petite n'hésite pas à confier au jeune homme :

— « Dans la famille, on tient la formule de Syrenx, le magicien, après qu'il eût soigné quelques-uns de mes ancêtres : on sait qu'il s'est réfugié, aujourd'hui, sur l'Île de Leikos. »

Fort de ces précieuses confidences, notre bûcheron fabrique un radeau : à grand-peine, car son cœur de terre ne lui en laisse guère le loisir !

À tout moment, il doit s'arrêter, s'éponger le front, s'abandonner à une courte sieste ... : bref, la construction s'avère fort lente !

Sa tâche enfin accomplie, de rapides « au revoir » tendrement échangés, on verra l'apprenti marin souquer ferme, cependant, en braillant, pour se donner du courage :

> « Cœur de pierre,
>
> Cœur de terre,
>
> Pour me plaire
>
> Va se taire ».

L'Île de Leikos, comme chacun le sait, est ceinte de hautes falaises blanches, extraordinairement escarpées - peuplées seulement d'oiseaux marins et proprement inaccessibles à l'homme.

À leur base moutonnent d'irrégulières rangées de récifs acérés : comme une compagnie d'infanterie prête à la riposte !

— « Je ne pourrai jamais accoster ! »

Déplore notre aventurier, anxieux, de plus, de se retrouver face à une si hostile contrée.

Cependant, réchauffant soudain sa solitude, un albatros lui susurre :

— « Je peux t'emporter sur mes ailes ! »

Contes des Perles de l'Orient

Il le répète tant et si bien que Rabougnole saute le pas, agrippe le cou laiteux de son sauveteur et ... ferme les yeux durant toute l'envolée !

— « Voilà ! »

Chante d'une voix rauque le grand oiseau blanc, en le déposant – un peu rudement ! aux pieds de Syrenx.

L'impassible vieillard remercie son fidèle serviteur.

Quant à son passager, il le scrute sévèrement, sans une parole ni un mouvement.

D'où, gêné, Rabougnole croit devoir expliquer, saluer, s'incliner, murmurer, s'agiter :

— « Puissant magicien, on m'a parlé de vous ! »

Conclut-il.

Se faisant rapidement clouer le bec :

— « Inutile de me raconter ton histoire, je sais tout ! »

Lance le sage.

— « Égoïste, tu as d'abord eu un cœur de pierre ; matérialiste, tu t'es taillé un inconsistant cœur de terre : si j'en crois ta venue sur mon île, aucun des deux ne t'a satisfait, jusqu'à présent. »

Notre bûcheron n'a même pas le temps de s'étonner de la précision du résumé qui lui est fait des tribulations de sa brève existence.

— « Et tu viens troubler ma solitude pour posséder autre chose ? »

Comme l'homme, roidi, terrorisé, ne trouve pas un mot à répondre – fouillant en vain sa pauvre cervelle, l'oracle, tout en menant force circonvolutions de ses longs bras étendus, enchaîne :

« Cœur de pierre,

Cœur de terre,

Un cœur d'air ... ».

Totalement étourdi, c'est dans une relative inconscience que le jeune homme remonte enfin sur le dos de l'oiseau.

Contes des Perles de l'Orient

Cette fois-ci, il admirera inconditionnellement le solennel panorama de l'océan verdâtre, loin en dessous des ailes actives.

En effet, ses vagues translucides frissonnent d'un kaléidoscope d'écumes irisées - que d'extraordinaires minuscules nuages moutonnants semblent caresser avidement ! Lorsque le soleil baisse à l'horizon, des nuances rosâtres et orangées flamboient dans l'air sucré.

À regret, après cette magnifique traversée, Rabougnole - de nouveau seul ! retrouve son misérable rafiot.

Afin de s'encourager, il siffle, durant la totalité de la navigation qui doit le ramener à bon port :

« Cœur de pierre,

Cœur de terre,

Un cœur d'air,

Pour me plaire ! »

Lorsqu'il lui chante sa complainte, Baguette s'en remémore instinctivement la suite – encore inconnue de son soupirant !

Ce qui la fait, d'avance, rougir.

« Un cœur d'air

Pour me plaire … »

Lui rappelle :

« Cœur de feu … »

Que répétait à l'envi son grand-père.

Bien entendu, elle connaît la maxime dans son intégralité !

Cependant, elle évite d'importuner le malheureux artisan qui lui plaît tant.

Elle se contentera d'ajouter, au récit de sa périlleuse escapade :

— « Et maintenant, à part poète, quel métier pourras-tu exercer, avec un cœur d'air ? »

Un mois de galère suffit à Rabougnole pour réaliser qu'il est contraint, désormais, de ranger définitivement cognée et marteau.

Les chiffres, il ne faut pas y compter !
Les lettres, il les déchiffre à peine !

Même si son cœur lui insuffle, à présent, une perpétuelle gaieté, il va bien falloir qu'il se décide à se construire une carrière digne de ce nom !

— « Le cirque ! »

Avoue-t-il à Baguette,

— « Je suis déjà un excellent acrobate ! »

Doit reconnaître le bûcheron, habitué à grimper aux cimes des arbres les plus élevés.

Cependant, prise d'un émoi subit, sa fiancée bouche bée, en reste paralysée.

Elle n'a, en effet, jamais imaginé de se marier avec un artiste de cirque, qu'il soit clown, jongleur ou acrobate, laissant là son métier pour le suivre n'importe où, au fil de ses hasardeux voyages !

« Un cœur d'air,

Pour me plaire ! »

Chantera, à tue-tête, notre équilibriste, à l'envers sur son trapèze, ou enroulé autour du mât qui soutient le chapiteau.

Ravalant ses larmes, Baguette assistera à deux ou trois représentations régionales, avant de s'efforcer d'oublier son amoureux de passage.

Le hameau reprend, alors, sa coutumière tranquillité.

Cependant, de temps à autre, la rumeur y mentionne – y ajoutant moult miracles, bien sûr, les exploits d'un guerrier fabuleux, d'un conquérant si audacieux qu'avec lui, pas de limites !

Des années plus tard, un matin, un riche carrosse s'arrête devant la boulangerie.

C'est toujours la même façade : rien n'a décidément changé, ici !

Le chaume du toit a grisé, les murs, pâlis et affadis, s'incurvent davantage, le trottoir s'est bizarrement affaissé, la chaussée inégale égrène ses aspérités jusqu'au clocher bancale, la rigole que trace le caniveau paraît ne pas pouvoir absorber l'intégralité de l'eau sale qu'elle serait chargée d'évacuer.

Tandis qu'une gouttière fuit méthodiquement - goutte à goutte, la devanture, toute semblable, paraîtrait à peine un peu plus poussiéreuse, du fait que la propriétaire a vieilli et qu'elle s'est un peu tassée. Le ménage se fait plus rapide, dorénavant !

Mais les produits et l'étal auront conservé leur pleine identité, avec l'exact choix et la disposition d'origine.

L'inconnu qui ouvre la porte se met à psalmodier :

« Un cœur d'air,

Pour me plaire !

Cœur de feu,

C'est bien mieux ! »

Contes des Perles de l'Orient

Tandis que l'homme rit aux éclats, se pressant bientôt contre celle qui fut si longtemps sa promise, il lui raconte :

— « Si j'ai un cœur de feu, à présent – et une belle situation ! ... »

Il ne peut s'empêcher de lever les yeux au ciel, accompagnant ses paroles d'un large geste du bras :

— « C'est que je me serai tellement approché du soleil ! »

Patiente, la femme attend.

Mais la suite ne vient pas.

— « Rabougnole, Rabougnole, ... »

Chante alors Baguette,

— « Moi, j'ai un cœur d'éther, pour me plaire : un cœur en lequel se mire incessamment la mémoire de l'Univers !

> « Cœur d'éther
>
> Cristal vert
>
> Cœur d'éther
>
> Entrouvert ... »

Contes des Perles de l'Orient

Lui taquinant la moustache - qu'il a désormais fort drue, son amoureuse lui insuffle une telle profonde tendresse, malgré l'insolence de son défi – comme la singulière virtuosité de son « air de bravoure », que Rabougnole ne peut que repartir :

— « Marions nos cœurs, maintenant, s'il en est encore temps ! »

Les habitants du hameau seront bien étonnés de contempler les héros d'une cérémonie pas comme les autres : deux vieillards, fous d'amour, éperdus de vie, qui, tandis qu'on les photographie – pour les immortaliser, se murmurent tendrement à l'oreille :

« Cœur d'éther,

Cœur de feu,

Cœur de chair :

Pour nous plaire ! »

On leur souhaitera longue vie, bien évidemment, ainsi que de nombreux enfants !

Contes des Perles de l'Orient

Contes des Perles de l'Orient

Contes des Perles de l'Orient

« Si durant des dizaines d'années d'affilée on ne permet pas de dire les choses comme elles sont, la cervelle des hommes se met à battre la campagne irrémédiablement et il devient plus facile de comprendre un Martien que son propre concitoyen. » « Le Pavillon des Cancéreux », Alexandre Issaïevitch Soljenitsyne, 1968.

Martha et les Martiens

Martha bâille aux corneilles : une attitude courante, chez cette adolescente imaginative, que l'on dirait continuellement plongée dans un étrange voyage intérieur :

« Quand la classe va-t-elle (enfin !) se terminer ? »

N'y tenant plus, elle demande, pour la énième fois, l'heure, à sa voisine de table, et se fait vertement rabrouer par le professeur.

Cette fois-ci, Marty l'a remarquée.
Au son de sa voix, il sait que c'est elle !

Ou, plutôt, c'est sa pensée, qu'il a très clairement identifiée.

Il perçoit son « ras-le-bol » : ras-le-bol des études, ras-le-bol des parents, ras-le-bol de la nourriture insipide qu'on lui sert quotidiennement, à la cantine …

Son ennui – si particulièrement manifeste ! est venu vriller son propre mental, l'assurant de deux choses : d'une part, qu'il s'agit bien d'elle ; d'autre part, qu'elle aime toujours aussi peu son lieu de vie, sa famille et ses études !

Cela fait longtemps qu'ils communiquent, quasi quotidiennement, sur de très longues distances, mais c'est la première fois qu'il peut la contempler, en chair et en os, tout à son aise.

Marty a réussi à mener à bien son inédit voyage intersidéral !

À atterrir sans encombre !

En effet, c'est la première fois qu'il scrute, physiquement, chaque détail de la Planète Bleue.

Et, là, il ne peut s'empêcher de la trouver ravissante !

Bien que l'angoisse le taraude : est-il, ici, en sécurité ?

D'où, soudain, à nouveau happé par cet environnement incongru, notre ingénu s'inquiète.

Mais sa préoccupation prend vite un autre tour : comment pourra-t-il, décemment, se présenter à « elle » ?

Son étrange combinaison spatiale risque de faire peur à la jeune fille qui lui tient tant à cœur !

Alors, le bizarre petit bonhomme a une idée.

Rapidement, suivant chaque frissonnant méandre de l'étroit sentier tortueux – qu'accompagnent les quelques obscures plaintes d'oiseaux égarés, quittant la chaleur du jour, il va pénétrer profondément au cœur de la forêt.

Déjà, tressant les feuillages fournis, alternativement verts, rouges et mordorés, il s'en fait une ravissante ceinture.

Bientôt, une couronne de fleurs des champs surmonte son casque.

Réunissant ensuite quelques baies, notre voyageur s'en fait un ravissant collier.

Voilà !

Maintenant, il ressemble forcément aux Terriens, puisqu'il porte, sur lui, quelques bribes de leur extravagante Nature.

C'est pourquoi l'étrange petit bonhomme chante à tue-tête, sur le chemin du retour, empruntant, à l'orée des bois, la sente ensoleillée qui longe les chaumes dorés flanqués de charnus plants de maïs.

La journée est bien avancée, dorénavant.

Un peu tremblant tout de même, alors qu'il se dissimule à demi derrière une fragile haie d'aubépines, Marty se sera résolu à attendre, patiemment, la sortie des cours.

Du plus loin qu'il aperçoit Martha (malgré qu'il ne l'ait encore jamais vue, il ressent instinctivement les vibrations - si particulières, de sa chère présence), il la hèle joyeusement, agitant les bras – sans, toutefois, oser quitter son abri végétal.

Il préfère ne pas trop se montrer !

Martha n'entend rien, forcément, puisque l'étranger aura parlé, par inadvertance, dans son casque.

Aucun son physique n'en sort !

Du coup, insouciante, elle va passer sans se retourner !

Ressassant, en esprit, ce « ras-le-bol » qui ne la quitte plus depuis la rentrée !

Vite, Marty lui envoie une pensée, d'une fulgurante intensité :

— « Martha, je suis là ! »

En effet, c'est bien d'esprit à esprit, qu'ils ont coutume de communiquer : c'est infaillible, entre eux !

L'incongru dialogue dure, de fait, depuis très longtemps : il se sera établi si anciennement que les deux partenaires en auront oublié comment et pourquoi ils sont en constant contact télépathique.

C'est, donc, en général, très inconsciemment, que cela fonctionne.

Et cela marche, merveilleusement !

Malgré leurs différences d'origine, ce continuel échange sera vite devenu, chez eux, une « seconde nature » !

— « Martha, je suis là ! »

Subitement, mue par une étrange impression, l'intéressée regarde autour d'elle.

À part l'ombre touffue des bosquets et des haies, elle ne remarque rien !

Elle va, probablement, passer son chemin, sans même se retourner !

Affolé, Marty insiste :

— « À ta droite, derrière la haie ! »

Ça y est : il est repéré !

L'adolescente a vu bouger une vague silhouette, à demi dissimulée dans les feuilles frissonnantes.

Martha fait trois pas, puis, au bout du trottoir, soudainement, elle s'arrête, indécise :

— « Tu ne me rejoins pas ? »

Le petit bonhomme hésite :

— « C'est que … »

Maintenant qu'elle l'a reconnu, l'adolescente rit à gorge déployée :

— « Pourquoi t'es-tu couvert de fleurs ? Ce sont les filles, ici, qui s'enguirlandent ainsi ! »

Marty s'inquiète :

— « Je n'ai pas eu le temps de me changer ! »

Mais se fait gaiement bousculer :

— « Viens comme tu étais ! »

La gamine ôte fleur à fleur, feuille à feuille, mange les baies, puis époussette la combinaison rutilante :

— « Enfin te voilà ! »

Elle ne peut masquer son subit ravissement :

— « Je t'emmène à la maison ! »

Contes des Perles de l'Orient

Puis, dans un soupir :

— « Je vais te présenter à toute la famille ! »

La route est tiède, les ombres bruissantes des aulnes et des frênes leur font une verte symphonie, tandis que de jolis petits cumulus dansent dans le ciel.

Fini le ras-le-bol !

Au long de la riante campagne, Martha imagine un avenir radieux avec Marty !

Jamais elle n'aura plus allègrement accompli ce trajet familier, en lui découvrant soudain de multiples arômes, des saveurs inattendues, des points de vue pittoresques, de subtils encouragements sonores – des chants d'oiseaux, si variés qu'elle ne peut les dénombrer !

Dès l'entrée, Martha veut présenter, à la cantonade, son ami !

— « Qui, dis-tu ? »

Demande le père.

— « Marty, le Martien en combinaison spatiale qui est juste derrière moi. »

La mère s'inquiète :

— « Nous ne voyons personne d'autre que toi ! »

Elle pressent, pour sa fille, de graves ennuis de santé – un délire, peut-être ?

Fâchée, Martha veut montrer Marty.

Mais, lorsqu'elle se retourne : foin du cosmonaute !

Le perron est vide !

Confuse et dépitée, l'adolescente gagne sa chambre, en pleurs.

Marty est à son bureau, qui l'attend :

— « J'ai installé un nouveau jeu, dans ton ordinateur ! »

Martha trépigne :

— « Où étais-tu donc passé ? Personne ne voudra plus jamais me croire, maintenant ! »

Le Martien pense opportun de préciser :

— « Je me méfie du contact avec le genre humain : trop orgueilleux, abominablement agressif ! Si nous nous sommes toujours entendus, c'est que tu es différente ! »

La jeune fille reste en proie à une idée fixe :

— « Ils soupçonnent, dur comme fer, que je leur ai menti ! »

Son interlocuteur chasse d'un geste ses soucis :

— « Laisse-les dire ! Plus tard, nous ferons de grandes choses, ensemble, ici ! »

Le soir même, il a disparu.

Probablement aura-t-il écourté son voyage !

Jusqu'au bout de ses études, Martha poursuit âprement son étrange relation télépathique, sans plus jamais rencontrer son confident.

Ensuite, bien solitaire, elle prendra sa place dans le monde du travail.

Aucun jeune de sa génération, en effet, ne l'intéresse : toutes ses pensées vont sempiternellement vers Marty !

Jusqu'au jour où celui-ci peut lui annoncer, triomphalement :

— « Ça y est, j'ai trouvé le moyen de t'emmener ! »

La jeune femme était au courant des expériences et des recherches de son ami.

Contes des Perles de l'Orient

— « Veux-tu venir sur Mars, avec moi ? »

Lui propose-t-il alors.

Martha ne se sent pas de joie !

Dès son arrivée, sans réfléchir, elle grimpe immédiatement dans le vaisseau spatial qui s'est immobilisé devant sa fenêtre et, hop ! Les voilà partis pour le grand voyage.

Ses parents se montreront d'autant plus désolés que, depuis le début, ils n'auront rien compris à toute cette histoire :

— « Des rêvasseries à dormir debout ! »

Grognait le père.

— « L'attente du Prince Charmant ! »

Se souvenait la mère, forgeant le parallèle avec ses propres espoirs d'un temps.

Ils se sentaient – même, jour après jour, année sur année, incommensurablement déçus par leur fille, qu'ils auraient volontiers vite mariée, de façon à avoir des petits-enfants à gâter !

Sur la planète rouge, Martha va d'émerveillement en émerveillement : tout est si différent des paysages qu'elle connaît !

Elle découvre de nombreux complexes robots, une rutilante ville de verre et d'acier, une eau douceâtre et violette, de flamboyantes odeurs, aussi suaves qu'amères ...

Il lui faudra bien longtemps avant d'avoir envie de revenir sur Terre !

Cela dit, dès qu'elle en formule le souhait, Marty, avec empressement, se fait son pilote attitré.

Arrivée au seuil de la demeure familiale, seul le chien, Bobby, la reconnaît.

Ni le père, ni la mère, ne croient avoir devant eux leur fille :

— « Martha est partie, il y a bien longtemps ! »

Malgré l'insistance dont elle fait preuve, la véracité des souvenirs qu'elle relate, Martha est chassée de chez elle comme une étrangère !

Sûrement, ses années martiennes l'auront transformée !

C'est, donc, avec allégresse qu'elle retourne sur la planète rouge avec son charmant ami.

On leur souhaite des douzaines de petits Martiens !

Contes des Perles de l'Orient

Contes des Perles de l'Orient

Contes des Perles de l'Orient

Table des matières

Perline ou La Perle Contrefaite 5
Ismahane 19
Cœur de Pierre et Cœur de Terre 31
Martha et les Martiens 49

ISBN 9782322128327

© 2019, Colette Mourey

Edition : Books on Demand,
12/14 rond-Point des Champs-Elysées, 75008 Paris
Impression : BoD - Books on Demand, Norderstedt, Allemagne
ISBN : 9782322128327
Dépôt légal : Janvier 2019